*DIE BREMER STADTMUSIKANTEN,*
*by Jacob and Wilhelm Grimm,*
*illustrated by Hans Fischer.*
*Copyright © 1944 Nord-Süd Verlag AG,*
*Gossau Zürich / Switzerland.*
*Copyright © 2000, Livraria Martins Fontes Editora Ltda.,*
*São Paulo, para a presente edição.*

1ª **edição** *2000*
3ª **tiragem** *2008*

**Tradução**
MONICA STAHEL

**Produção gráfica**
*Geraldo Alves*
**Paginação/Fotolitos**
*Studio 3 Desenvolvimento Editorial*

**Dados Internacionais de Catalogação na Publicação (CIP)**
**(Câmara Brasileira do Livro, SP, Brasil)**

Grimm, Jacob, 1785-1863.
 Os músicos de Bremen / Jacob e Wilhelm Grimm ; ilustrações Hans Fischer ; tradução Monica Stahel. – São Paulo : Martins Fontes, 2000.

 Título original: Die Bremer Stadtmusikanten.
 ISBN 85-336-1215-X

 1. Literatura infanto-juvenil I. Grimm, Wilhelm, 1786-1859. II. Fischer, Hans. III. Título.

00-0614 CDD-028.5

**Índices para catálogo sistemático:**
1. Literatura infantil 028.5
2. Literatura infanto-juvenil 028.5

*Todos os direitos desta edição reservados à*
***Livraria Martins Fontes Editora Ltda.***
*Rua Conselheiro Ramalho, 330 01325-000 São Paulo SP Brasil*
*Tel. (11) 3241.3677 Fax (11) 3105.6993*
*e-mail: info@martinsfonteseditora.com.br http://www.martinsfonteseditora.com.br*

# Os Músicos de Bremen

*Conto de Jacob e Wilhelm Grimm*
*Ilustrações de Hans Fischer*

*Tradução do inglês: Monica Stahel*

**Martins Fontes**
São Paulo 2008

Era uma vez um homem que tinha um burro. Durante muitos anos, esse burro tinha servido ao patrão carregando sacos até o moinho, sem se cansar e sem reclamar. Mas o animal estava envelhecendo e sua força já não era a mesma, por isso o homem estava pensando num jeito de se livrar dele. Percebendo que alguma coisa ia acontecer, o burro fugiu e rumou para a cidade de Bremen, onde pretendia se tornar músico da banda.

Depois de andar por algum tempo, o burro encontrou um cachorro na beira da estrada. O cachorro ofegava como se tivesse corrido muito.

— Por que está ofegando tanto, Farejador? — perguntou o burro.

— É que meu patrão planejou me matar, pois estou ficando velho, fraco e já não sirvo para ser cão de caça — disse o cachorro. — Então eu fugi, mas não sei o que fazer para ganhar a vida.

— Ora — disse o burro —, estou indo para Bremen para tocar na banda da cidade. Que tal vir comigo e se tornar músico também? Eu podia tocar tambor e você corneta.

O cachorro gostou da idéia, e lá se foram eles.

Ainda não tinham andado muito quando encontraram um gato, que parecia mais triste do que três dias nublados.

— Ei, Bigode, o que aconteceu? — perguntou o burro.

— Não é brincadeira saber que alguém quer acabar com você! — disse o gato. — Estou ficando velho, meus dentes estão fracos e eu sirvo mais para ficar encolhido atrás do fogão do que para caçar ratos. Minha dona planejou me matar, mas eu dei um jeito de fugir. Agora estou em apuros. O que vai ser de mim?

— Venha para Bremen conosco. Você sabe cantar serenatas, portanto também pode participar da banda da cidade.

O gato achou que a idéia era boa e se juntou a eles.

Logo os três passaram por uma fazenda e viram um galo pousado na porteira, cantando do jeito mais triste do mundo.

— Que tristeza é essa? — disse o burro. — O que foi que aconteceu?

— Eu estava anunciando bom tempo — disse o galo. — Amanhã é domingo e vem gente passar o dia na fazenda. Minha patroa mandou o cozinheiro me pegar para fazer uma canja. Estou soltando minha voz, enquanto ainda sou capaz.

— Já entendi, Crista Vermelha — disse o burro. — Dê o fora, venha conosco. Estamos indo para Bremen, e o que vamos encontrar lá com certeza é melhor do que virar canja. Você sabe tocar clarinete. Nós quatro juntos vamos fazer um belo som!

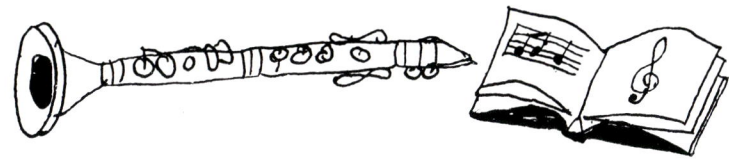

O galo gostou da idéia e os quatro seguiram caminho juntos. Mas Bremen era longe, e não daria para chegar lá em um só dia. Quando começou a escurecer, chegaram a uma floresta, onde resolveram passar a noite.

O burro e o cachorro deitaram embaixo de uma árvore, o gato se ajeitou entre seus galhos e o galo se empoleirou lá no alto, que para ele era o lugar mais seguro.

Antes de pegar no sono, o galo olhou para os quatro lados e teve a impressão de ver uma luzinha piscando ao longe. Chamou os companheiros e disse que devia haver uma casa por ali, pois ele tinha avistado uma luz.

— Então vamos até lá — disse o burro —, pois aqui não está muito confortável.

O cachorro ponderou que não seria nada mau encontrar uns ossos e um bocadinho de carne.

Assim, eles saíram caminhando na direção da luz, que foi ficando cada vez mais forte, mais brilhante e maior. Finalmente, chegaram a uma casa de ladrões, muito iluminada. O burro, que era o maior dos quatro, olhou pela janela para ver o que estava acontecendo lá dentro.

— O que você está vendo, Pêlo Cinzento? — perguntou o galo.

— Estou vendo uma mesa cheia de comes e bebes — disse o burro. — E, em torno dela, uns ladrões se deliciando.

— Que maravilha! — disse o galo.

— É mesmo! — disse o burro. — Como seria bom estar lá!

Os animais queriam muito expulsar os ladrões da casa, e finalmente acabaram imaginando um jeito. O burro apoiou as patas da frente no parapeito da janela. O cachorro pulou no lombo dele. O gato subiu na cabeça do cachorro e o galo se empoleirou na cabeça do gato.

Depois que todos se ajeitaram, um deles deu um sinal e os quatro começaram a fazer música. O burro zurrava, o cachorro latia, o gato miava e o galo cantava. Então pularam para dentro da casa pela janela, quebrando os vidros e fazendo um barulhão.

Os ladrões levaram o maior susto com aquela barulheira. Acharam que fosse um fantasma entrando na casa e correram para a floresta, apavorados. Os quatro companheiros sentaram-se em volta da mesa dos ladrões e comeram como se fossem passar muitas semanas sem comer.

Quando terminaram a refeição, apagaram a luz e trataram de procu

lugar para dormir, cada um conforme sua natureza e seu próprio conforto.

O burro deitou na pilha de esterco, o cachorro deitou atrás da porta, o gato deitou nas cinzas ainda quentes da lareira e o galo se acomodou no beiral do telhado. Cansados da longa caminhada, eles logo caíram no sono.

Depois da meia-noite, os ladrões viram de longe que as luzes da casa estavam apagadas e tudo parecia tranqüilo. O chefe deles disse:

— Nós não devíamos ter nos assustado tanto.

E ele mandou um de seus homens dar uma espiada na casa.

O homem entrou na cozinha e pegou uma vela. Pensando que o brilho dos olhos do gato fosse carvão em brasa, encostou o pavio neles para acender a vela.

O gato pulou no rosto do ladrão, cuspindo e arranhando. Apavorado, o homem tentou escapar pela porta dos fundos, mas o cachorro, que estava deitado ali, deu um salto e lhe mordeu a canela. Quando ele saiu para o quintal, tropeçou na pilha de esterco e o burro lhe deu um coice com a pata traseira. O galo, acordando com aquele barulhão todo, cantou bem na orelha do ladrão: — Cocorocóóóó!

O homem voltou correndo para onde estavam os outros. Ao ver o chefe, ele berrou:

— Tem uma bruxa horrenda lá na casa! Ela me cuspiu e arranhou minha cara com suas unhas enormes. Na porta, um homem com uma faca me feriu a canela! No quintal, um monstro terrível me deu uma paulada. E lá de cima um juiz gritou: "Corta e bate sem dóóó!" Então eu saí correndo!

Depois disso, os ladrões nunca mais ousaram voltar àquela casa. E os quatro músicos de Bremen gostaram tanto do lugar que resolveram ficar ali para sempre.

E a boca do último homem a contar esta história ainda não esfriou.

H ANS FISCHER, famoso pela assinatura que se tornou sua marca registrada, *fis*, foi um dos mais conhecidos ilustradores suíços nos anos que se seguiram à Segunda Guerra Mundial e exerceu uma influência decisiva no campo da ilustração de livros infantis do mundo todo.

Nasceu em Berna, em 1909, e freqüentou a Escola de Belas-Artes e Artes Industriais em Genebra, a Escola de Arte e Comércio em Zurique, e a Academia Fernand Léger em Paris. Trabalhou como ilustrador, como desenhista de publicidade e artista gráfico, e como cenógrafo para o lendário Cabaret Cornichon em Zurique. Foi muito conhecido como muralista e suas obras brilhantes e vivas ainda decoram as paredes de edifícios públicos em toda a Suíça.

Hans Fischer também ilustrou inúmeros livros para crianças. O primeiro deles, *Os músicos de Bremen*, era o que ele chamava de "conto da família", uma história adorável que ele contava junto com seus filhos na hora de dormir. Ele zurrava "i-ó, i-ó" imitando o burro insolente, e fazia "miau-miau" representando o gato. "Quanto mais alto eu cantava, miava, latia e zurrava, mais meus filhos se entusiasmavam. Na hora do famoso ataque à casa dos ladrões, quando os animais subiam um no outro e começavam a gritar, toda a família tinha de participar, fazendo os vários ruídos. Depois de tanto repetir a história, representando os animais, a floresta, a noite, a casa dos ladrões e os ladrões, não pude deixar de ilustrá-la."

Fischer era fascinado pela maneira como os animais eram apresentados na fábula de Grimm, com tanta clareza, um após o outro, e tentou refletir isso na sua ilustração, estabelecendo uma divisão muito nítida de espaço. Cada um dos animais infelizes é representado numa página par e se encontra com os outros na página ímpar. Como Fischer tinha experiência em trabalhar com cenários teatrais, ele eliminou qualquer preconceito ao definir o espaço e a posição dos animais nele. Desde o início, coloca um sobre o outro, numa espécie de previsão da famosa cena da pirâmide na casa dos ladrões. Além do ato acrobático, essa cena torna-se um tema constante ao longo das ilustrações. Mesmo na cena do *happy-end*, os personagens aparecem um sobre o outro.

Em 1944, quando o livro foi publicado pela primeira vez, esse tipo de minimalismo era notável, principalmente em comparação com as ilustrações tradicionais de contos de fada. Também eram notáveis os toques de realismo que Fischer incorporava a suas ilustrações, mostrando, por exemplo, o quanto era mais difícil para o galo do que para os outros ir até Bremen.

*Os músicos de Bremen*, publicado pela primeira vez na Suíça em 1944, é um belo exemplo da mestria de Hans Fischer em litografia, um processo de gravura utilizado mais em Belas-Artes do que em ilustração. Para fazer o livro, Fischer fez seus desenhos diretamente sobre grandes pedras, uma para cada cor. A mesma técnica foi usada por ele em outros livros, como em sua interpretação de *O Gato de Botas* de Perrault e em *Pitschi*, uma história que ele escreveu e ilustrou.

Esses livros ilustrados são mostras importantes do encanto e da arte singular que caracterizam a obra de Hans Fischer. "Eles têm tudo para deliciar os jovens", escreveu Bettina Hurlimann em *Three Centuries of Children's Books in Europe*. "São impregnados de graça e ternura, de cor e alegria, o grandioso bom humor de um homem que, entre suas crianças, voltou a ser criança."

HANS TEN DOORNKAAT

IMPRESSÃO E ACABAMENTO:
YANGRAF Fone/Fax
2095.77.22
e-mail:yangraf.comercial@terra.com.br